JN212108

八十歳、少しめでたい。
鮫島芳子
忘羊社

カバー人形／大扉画　佐藤好昭・作

終わりなき魂の旅増す光

はじめに

平成元年（一九八九）、十九歳の息子を交通事故で亡くしました。それから一年間ほど、高校時代のお友達がよく訪ねてきてくれました。花束を抱えて立っておられた女性の方々の美しいお姿が今でも思い浮かびます。男性も大勢来て下さってにぎやかに過ごしました。

近くに住んで居られたお母さんやお友達も、いろいろさし入れをしてくれました。花瓶に入れても余る花をバケツに入れ、玄関にまであふれる花を、毎日水を替え整理する一年間でした。人の命のもろさをしみじみ知りました。

人は別れる為に出会うのかな――。はかなさ、そして悲しみの中で花に埋もれ、花を見ているうちにいつしか花の絵を描くようになりました。そして自然に野の花に魅かれるようになりました。

最初は気軽に筆を持ちましたが、野の花は豪華な花よりも難しくてなかなか描けませんでした。誰からも水ももらえず片隅で小さく優しく咲いている野の花。本当に理解してくれる人にしか描かせてくれないような誇り高いものがあるような気がいたしました。描かせて下さい、と祈るような気持ちで描きました。季節季節で咲く小さな花を見れば見るほど好きになりました。私も野の花のように生きてゆきたいと思いました。

息子のことがあってから、幼稚で我がまま、特別何の才能も無かった私が今、人生のいろいろのことを学び、身近かな草や虫に感動し、人を大切に思いながら生きられるようになりました。

「あの時、あのことがあったから今がある」とよく聞きます。また「あの時あのことがなかったら今の自分はなかった」と仰る方もいます。今にいたる長い年月、その年月を経たからこそ、悪いことは、良いことにかわります。今、悪いことがあっても、生き方でいつか良いことに変わるのだと思います。

高齢になるとまわりからだんだん人がいなくなって、最寄りの駅でも顔見知りの人を見かけなくなり、淋しくなりました。でも一人で生きていると思えないので、誰も来られなくても掃除をしたり、時には花を飾りたくなったり、何でもきちんとしたくなったりします。やらねばならないこと、やりたいことで忙しいと、何とか過ごしてゆけるように思います。平凡な生活の小さなことに感動しながら毎日頑張っています。朝、目覚めて目が見えること、自分の足で歩けることだけでもこの上なく幸せに感じます。

そして、命とか魂や生きる意味などを、いろんな本や、尊敬する思想家の森神逍遥（もりがみしょうよう）先生の教えなどで学んでいるうちに、数え切れないほどの不思議な体験を重ねてまいりました。

一例ですが、菜の花の描き方を教えることになっていた前日、茎とか葉の描き方のキーワードが摑めないで頭がぼんやりしていました。その夜、夢で「お皿にV」という声がしました。春野菜の茎は全て葉の上で枝分かれしています。どんなに小さな葉でもそうなっています。葉を〝お皿〟と見ると茎はその上でVの字になっているのです。人は一人ではなく、見えない存在に守られ、教えられ、導かれていることがわかりました。

本当の意味で人は孤独ではないと思います。私のこれまでの人生は本当に愚かで、後悔や反省することばかりですが、何とか前に進んでいこうと思いました。十四年間治らない「ふらつき」の体で八十一歳の時を体験しています。そして少し楽しんでいます。

小さな畑のあるくらし

立浪草　玄界灘の波高く

土が教えてくれたこと

二〇一八年十一月ごろから、畑では葉物野菜が採れ、とても食べきれないほどでした。最初の収穫は小松菜、次にちんげん菜、そしてほうれん草。ほうれん草はぐんぐん伸びて、一メートル二十センチ程にも伸びました。茎は直径三センチほどあるのにやわらかく、とてもおいしいものでした。一本でも鍋に入り切らないほどでした。こんなに野菜が採れるなんて、思ってもいないことでした。

二十年近く、友人と畑をやっています。初めは失敗ばかりで、自分の家でどうにか食べられる程度でした。

根切り虫、カメムシ、ナメクジ、バッタなどの被害にも苦労していました。虫食いだらけのキャベツ、カメムシがびっしりついてしまったササゲ。何年もそんな状態が続きました。

人に紹介されて、赤峰勝人先生の「なずなの会」に入り、いろいろ勉強させていただきました。無農薬、無化学肥料、野菜ゴミ、ヌカなどを混ぜた完全発酵肥料、旬にこだわることなど、奥深い教えを学びながら、何とか虫のこない野菜が少しずつ採れるようになっていきました。先生の教えでは、虫食いの野菜は無農薬の証明ではなく、その野菜に生命力がない証明だとのことでした。害虫といわれているものは、地球のお掃除屋さんで、それらがいなかったら地球は動物の死骸で汚い星になり、インフルエンザやウイルスなども生命力の弱い人に寄ってくるのだそうです。何とか採れたトマトやブロッコリーのおいしさは、下手（へた）ながら驚くほどです。

〝梅干し婆〟になってしまってもう誰も私を見つめてはくれませんが、

カマキリに見つめられたる野良仕事

二〇一七年の夏は、これまで経験したことのない暑さでした。夏の終わりごろ播（ま）いた大根の種は、三度も播いたのに一本の芽も出ませんでした。近くの畑でも出ないといっておられました。その冬は、初めて大根を買って食べました。

一八年の夏は、前の年以上の猛暑で、大根を播く自信がなかったので、ポットに播いて五センチほどに伸びた芽を植えました。何とか育ち、あとはいろんな苗を買ってきて植えました。残った小松菜とちんげん菜、ほうれん草の種は、疲れてしまってやる気がなくなっていました。

除草した草はいつもそのまま積み上げていました。それが十年以上にもなり、高さ一メートル、広さは三畳分ほどありました。そこの小枝を取り除くと、真っ黒いフカフカの土が現れました。私は何も考えず、播かないままになっていた種の袋を切ってそこに投げ捨てるようにパーッと撒いてしまいました。

　そのまま種のことは忘れ、日が過ぎていきましたが、一ヵ月もすると、一面を埋め尽くすように芽が出てきました。どんどん成長するので間引いてやりましたが、すぐ成長し、すき間が埋まってゆきます。まず小松菜が大きくなったので毎日小松菜を食べました。人にも分けてあげました。

　小松菜が終わるとちんげん菜、それが終わるとほうれん草。全くすき間がないのに、大きく、柔らかい、虫食い一つない美味しいほうれん草が食べきれないほどで、秋冬を過ごしました。

　　水撒けば小さな虹は虫の空

土を少しも入れていないのに、何のにお

6月末なのに、夏野菜がいっぱい育っていました

いもないフカフカの真っ黒い土がそこにありました。捨てたはずの草が循環して命輝く美しい土に変わる。微生物の力で、価値ある土に変わる。すき間もないのに立派な野菜が育った驚きとよろこび、自然の力に生かされている実感と有り難さを感じました。

赤峰先生は、「無農薬では旬の野菜しかできないが、農薬や化学肥料のものを食べると体が弱り病気になる。人は食べ物のおばけで、何を食べたかによって心も体もできる。どんなに栄養の計算をしても今の野菜には栄養もエネルギーも足りていない」と、遺伝子操作によって一代限りしか実らない種、農家の後継ぎの問題など奥深いテーマを発信し、若い人たちを指導しておられます。

尊敬する農業家の松井浄蓮（じょうれん）先生もまた、「もしも私がこの世に生まれて農耕の道、喜び、安心というものを知らずに終ったとしたら、人生の一番大切なものを見ずに死んだことになるだろう」というようなことを書いておられます。

私は、下手ながら土をさわっていると不思議に心が落ち着きます。小さな草に咲く、そのまた小さな花を見るとき、自分が虫になったような気がします。

収穫の日の青い空青い豆

野草を楽しむ

⊙露草

露草の青いひとみに出合う朝

部屋の中で、露草がまるで庭か林の中のように咲き続けるなんて思ってもないことでした。最近の夏は特に暑いので、畑仕事は早朝五時から七時ごろまでしかできません。日中はクーラーをきかせてダイニングで過ごすしかありません。

そのテーブルの上で、青い露草の可愛い花が三つ四つ五つと、部屋の中で毎日咲き続けています。涼しげで美しく、青い花が心を癒してくれます。

二〇一八年はことのほか暑い夏でした。早朝、草取りをしているとき、庭の隅に露草が一輪咲いていました。私はスケッチをしようと一枝（ひとえだ）切り、部屋のテーブルの上に置きました。そのときは洗濯、そうじなどで忙しく、そのことを全く忘れてしまいました。二、三日してふと見ると、花は無いけど、露草はまるで今摘（つ）んできたかのようにそのまま、生き生きとしていました。

あわてて陶製の花瓶に水を入れ挿してやりました。そしてまた忘れていました。さらに二、三日経って見ると、水は少しも濁っておらず、小さい白い根が少し出ていました。私は驚いて庭から四本ほど摘んできて一緒に入れてやりました。観葉植物みたいな気持ちで眺めていました。

　それから何日か経ったころ、ふと見ると根はいっぱいになり、枝も増えて茂っていました。水は一度も替えていないのに全く濁っていません。また水を入れ替えてやりました。

　それからまた何日か過ぎた朝、露草が一つ咲いていました。次の日は三つ、そしてその次は五つと、毎日咲き始めました。庭では朝早く咲き、日射しが強くなってくると、十時か十一時ごろには消えてしまいますが、部屋では午後一時ごろまで咲いています。時々、水を替えてやっていましたが、部屋の一隅に林ができたようなさわやかな気持ちにさせてくれました。

　食養研究家の若杉友子先生の本では、露草は食べられると紹介してあります。こんなに生命力の強い露草を食べればきっと体にもいいと思います。炒めたり、さっと茹でて何にでも利用できるそうです。

　今ごろの野菜は栄養が足りないといわれたり、暑さで野菜不足などといわれることもあります。庭でも放っておくと露草は勝手に広がり一本が畳一畳分くらいに茂ります。他の野菜とまぜていただくといいと思いました。

　目の前で咲いている露草をうちわに描いたり、ハンカチに描いたり手さげに描いたり、いろいろと楽しく利用しています。

淡き青　野菊は山の風の中

⊙よめな

よめなめし炊く手にほのかな香(か)が残る

野菊の春の新芽は「よめな」といって、母はよく「よめなごはん」を炊いていました。一つまみの塩を入れたお湯でよめなを茹でてアクをとり、しぼってきざんで普通に炊いたごはんにまぜて、白ゴマをふっていただくと、彩りも面白く、おいしくいただけます。

⊙つくし、スギナ

ほろ苦き思いを秘めてつくし立つ

つくしは胃腸や肝臓に効くといわれています。煮付けや玉子とじで。

スギナはガンや糖尿病、腎臓病、結石等いろいろに効くといわれています。天ぷらにしたり、お茶にしたりしています。

⊙びわの葉

以前、風邪で高熱が出たとき、びわの葉を茹でて飲むと次の日は熱も下がり、良くなっていました。葉裏のわたをスプーンで取り、きざんで茹でます。ワインレッドで紅茶と同じようにおいしいです。古い黒い葉に薬効があるといわれています。

⊙よもぎ

以前、ストレスからお腹が痛くなり、どんな薬を飲んでも治らなかったとき、よもぎの茶を作って飲むと一晩ですっかり治りました。以来、今でも毎日飲んでいます。よもぎは、漢方の薬にもいろいろ利用されているそうです。おいしいので続けられます。

お茶は新芽を摘(つ)んで干し、フードプロセッサーにかけたものを二十分くらい水で茹でるとできあがります。二リットルの水に軽く一つかみのよもぎの割合です。春夏秋の三シーズン採(と)れます。秋ごろは新芽が少ないので葉でも大丈夫です。

⊙梅の粉

梅干しを干してフライパンで炒(い)り、ミルにかけて粉にします。のどが痛いとき、咳(せき)が出るとき、すぐに治ります。飲まずに口に入れるだけです。夜中に口に入れておくと、朝になると痛みもとれ、口の中もさっぱりしています。

以来、十年ほど風邪はひいていません。インフルエンザにも勝つのかもしれません。友人にさし上げると、それ以来三年間風邪をひいていないと言って、とても喜んでくれています。ただし効くのはのどの入り口のトラブルだけで、それより奥の気管には効果はないようです。そのときは薬か病院に行きます。

音楽会やバスの中でせき込んだ時もすぐに止まるのでいつも持っています。夜も床のそばに置いています。玄関の戸じまりのようなものと思っています。

⊙季節のもの

草生(お)いる根は深まりを目指しつつ

芽吹きのころ庭で草取りをすると、三、四センチくらいしか伸びていない草でも根は十センチほどの長さで深まり、糸のような根がびっしり。まるで葉は氷山の一角のようです。

雨上がりの朝などはスッと抜けて取りやすく、何だか野原で編み物でもしているような楽しさも感じます。ほんとうに、土の中って平和なんでしょうね。

根はびっしり数えられないほどなのに一つとして他の草の根とからまっていません。たくさんの草が静かで平和な土の中で生きています。

春は草でも何でも上へ上へと伸びていき、人の〝気〟も上へのぼって、のぼせる人もいるのだそうです。そんなとき、ふきのとうやタラの芽(め)等、木の芽を食べるといいのだそうです。

昔、料理を教わっていた加藤君代という先生が、「春は木の芽を食べると、夏、丈夫に過ごすことができ、夏は冬にあったいろんな栄養の野菜が全部消え去り、かわりに枝豆とかぼちゃがそのすべてを持って登場します。そして秋には木の実を食べれば、冬、丈夫に過ごすことができます」と言っておられました。明治生まれの先生はずっと自然と共に生きてこられたのだと思いました。

⊙手作り農薬

ペットボトルの中に七分目くらいお酢を入れ、その中に畑で採れたとうがらし粉をいっぱい入れ、きざんだニンニクもいっぱい入れました。一年でも二年でも大丈夫で、それを薄めてスプレーするとどの植物にもどの野菜にも効きました。原液を足の裏に塗ると三日ほどで水虫が治りました。ひどい人でも一週間か十日も続ければ治るのではないかと思います。

梅雨時にはどくだみが生え、いつも傍(そば)には守りが用意されていると思います。傍の野草、傍のお守り、ありがたいことだと思います。

気楽に作り、楽しく食べる

昔、主人はよく友達を連れて帰ってきました。慣れていたので何とも思いませんでした。今だったら体力もなく、料理の手順も悪く疲れてしまうだろうと思います。好きだったお料理も時に面倒に思ったり、怠けたりしたくなるようになりました。

でも自分で食べるものを作ることは、これからもずっとやって行きたいと思っています。難しい料理を簡単なものに工夫して、何とか自立して生活してゆきたいと思っています。

⊙八宝菜

[材料]（五〜七人分）

・鳥ささみ…三本。茹(ゆ)でる（片栗粉をまぶして茹でるとガラスのような膜ができてきれいです。ただししっかり火を通す）
・生姜(しょうが)…親指大。つぶす。炒(いた)めたあと取り出す。
・えび…100グラム。ボイルしてむく。
・かに缶…一缶
・いか…一杯。松笠にしてゆでる。
・うずら玉子…十こ。ゆで玉子にする。
・豚肉…250グラム。お酒をふり生姜、片栗粉をまぶして揚げる。

私はこれらをできる日に作り、冷凍しておきます。

＊

・ラード…大さじ二杯（私はゴマ油とオリーブオイルを使います）
・ニンニク…二かけ

＊

・白菜の茎(くき)…六枚分、根元(ねもと)からそぎ切り
・竹の子…80グラム
・生椎茸…六枚
・人参…小一本
・玉ねぎ…大一こ
・カリフラワー（ボイル）

野菜は前日か前々日に切ったものをビニールに入れて冷蔵庫に。野菜はそのとき手に入るものも入れます。

◎スープ（コンソメスープの素でもいい）

・水…一カップ
・塩…小さじ三杯
・砂糖　〃
・ゴマ油　〃
・うす口醬油…大さじ二杯

私は前日か少し前に作ってビンの中に入れて冷蔵庫に保管しておきます。

この料理は昔料理を習っていた加藤君代先生が、ある有名な中華料理店の中国人の料理長から習われたものです。

大変な作業も、前もって少しずつ作っておくことで、当日すぐにお出しできるように工夫しました。

お客様の来られる当日は中華鍋に油をしき、ニンニク、生姜を炒め、その後野菜類を炒めます。八分目くらい火が通ったら、解凍した物を全部入れ、火が通ったらスープを入れ、水溶き片栗粉を入れてとろみが出たらでき上がりです。大皿二枚に盛りつけ紅しょうがなどをのせて飾ります。御馳走が三十分くらいでできあがります。

⊙白和(しらあ)え

［材料］

・豆腐…三分の一丁（本式はまな板にはさんで水切り。私はさっと手でしぼるだけ）
・味噌…40グラム
・ゴマ…大さじ二杯（炒(い)ったゴマをすり鉢でする。私は市販のすりゴマを使います）

豆腐を味噌、ゴマをあわせてマヨネーズを加えます（水っぽくなると失敗すると教わったので私はマヨネーズを入れました）。茹でた野菜を絞ったものや、人参、ゴボウ、コンニャク、揚げなど、少し濃い目のお吸い物くらいの汁で炊いたものを、ザルで水分を切って和えたり。簡単で上品でおいしくできますし、野菜がたくさん使えて誰からもよろこばれます。

＊味噌の計り方

白和えを作るとき、私は味噌を40グラム計って、それを手に取り丸めました。そして手の平に乗せてじーっと見つめました。「あっ、ピンポン玉だ‼」と思いました。以来わざわざ味噌を計ることはありません。１００グラムは二個半、10グラムは四分の一個です。

◉酢人参（宮崎の郷土料理）

宮崎の親戚の家に行ったとき、三時のおやつのようにしてお皿いっぱいの酢人参が出ました。「えっ、人参？」と思いましたが、いただいてみると少しカリッとしておいしく、いくらでもいただけました。

作り方はもっと難しかったように思いましたが、私は人参を10センチくらいの拍子木(ひょうしぎ)切りにして半分くらいに切れ目を入れ、タコ足のようにした物をゴマ油で炒めるだけです。強火で五十〜百回ぐらいヘラで混ぜて酢を入れ、最後にめんつゆで味を整えます。

まだ少しカリッとしていて、人参のくせも気になりません。子供さんでもおやつ代わり、またはおかずとしてもいただけるのではないでしょうか。

⊙夏バテに山椒粉を

　このところの夏の暑さと大雨で、トマトやきゅうりなどの夏野菜が次々に消えてゆきました。街では野菜不足のニュースが流れていました。その陰で、大切に育てていた野草、山野草も消えていきました。どこにでも咲いていた、ごく普通のスミレも姿がありません。

　そんな中、生き残った野菜はニガウリ、オクラ、モロヘイヤ、ニラ、つるむらさきなどでした。人にさし上げても、いつもだと敬遠されます。そういったクセや苦み、ねばりのある野菜は平気で伸びてゆきました（もしかしたら人もそうかも知れません）。

　普通の野菜と同じく天ぷらにするとどれもおいしいと思いますが、毎日天ぷらを食べるわけにもゆきません。ニンニク、たまねぎを炒めたものに和え、酒、味噌で味をつけたものをよくいただきました。

　でも毎日はどうしても食べられません。やっとたどりついたのが、山椒の粉をコショウのように調味料として使うことでした。クセや苦みが魅力になっておいしくいただけます。炒めものやお好み焼き、焼きそば、カレーうどんなどに入れました。畑では毎日同じものしか採れません。同じ材料をあれこれ考えながら、捨てられないという思いとおいしくする努力の毎日でした。季節が過ぎて思い出すと少しため息も出ますが、夏場元気に、あまり疲れず過ごすことができました。

⊙野菜バーグ

少し体調が悪くなったとき作ります。筑前煮で使うような野菜（ジャガイモ、さといも、カボチャ、さつまいもなど、そのとき冷蔵庫にあるものをすべて使って作ります。何でもいいのです）をしっかり蒸して、ビニール袋に入れてテレビを観ながらもみます。その中にめんつゆを入れておきます。

次にフライパンにゴマ油を引き、ニンニク、生姜を入れ、たまねぎ、人参、ゴボウ、レンコン、ニラ、ネギなど冷蔵庫の中のあらゆる物を刻んで炒め、塩コショウをして先ほどのビニール袋の中にいっしょに入れ、玉子、小麦粉、片栗粉、葛粉などを入れてハンバーグのように焼きます。筑前煮は三日も食べると飽きますが、市販の玉ねぎドレッシングなどをかけていただくと一週間でも飽きずいただけます。それにごはんと味噌汁があれば三日ぐらいで体調も戻ります。

ある漢方薬局のご夫婦がいつも玄米の六分づきと味噌汁に少しの野菜を三度三度食べて一度も病院に行ったことがないと言っておられました。七十歳になられるのですが、とても若々しくお元気そうでした。また畑をいっしょにやっているお友達も、今七十九歳です。健康診断書を見せていただきましたがすべて正常でした。何でも食べておられるように思っていましたが、主食は小豆を入れた玄米で、もう十年ほど続けているとのことでした。

⊙味噌のふしぎな力

以前友人が納豆味噌の作り方を教えに来てくれました。麦こうじに納豆とおかずコンブをまぜたものでした。最後にカメに入れないといけないのに、そのとき家にカメがなかったので、大型のタッパーの中に入れました。一ヵ月ほどして開けてみたとき、薬臭い異様な匂いで、とても食べ物とは思えず、みな捨てました。

その後めんどうだからと味噌汁を五日分作り、ジップロックの箱に小分けして一回分ずつチルドに入れておきました。三ヵ月ほど経ったころ、そのジップロックの箱が白く曇り、汚くなりました。そのとき以前の納豆味噌のことを思い出し、成分はわからないけれど味噌には化学物質を溶かす力があることに気づきました。体の中の食品添加物なども溶かし出してくれるのではないかと思います。味噌の力は計り知れないものがあると確信いたしました。

「お母さん、トイレと食べることができたら入院しなくていいよ」と、管理薬剤師をしている娘が申しました。私は食べることさえちゃんとやれればいいのだと思いました。基本を押さえていれば、食べることはそれほど難しいことではないと思いました。これからも、できるだけ自分の足で生きてゆきたいと思っています。

わたしの手描き染め

手描き染めを楽しむ

昔、京都で修業された井手雲甫（うんぽ）先生から手描き染めを二年程習いました。顔料（がんりょう）で直接布に描く技術ですが、染色の世界では初歩的なものです。

染色とは経（たて）糸と緯（よこ）糸が染まり風合いを損ねないもので、それらの技術の一つ一つが十年程の修業の上でできるもののようです。染料も綿、麻、絹用とそれぞれで、大切な日本の文化だと思います。

私は主に綿、麻に直接顔料で野の花の絵を描いて楽しんできただけのものです。それでも自在に描けるようになるには一生かかってもできるかどうか解（わか）りません。液体の顔料を絵皿に少し置き色を混ぜながら描き、洗っては描くのくり返しでした。染色は友人からも教えてもらったり、京都の染料店の講習会にも何度か行きました。

二十年程前、西部（さいぶ）ガスのカルチャー教室で教えることになったとき、沢山の皿を持っていくのは大変でした。パン作りの方々と同じ流し台で絵皿を洗うので緊張しました。やめようかど

うしようかと悩んでいましたが、ある晩、もしかしたらと寝床で思いついたのが〝牛乳パック〟を使うことでした。次の日試してみると、本当に素晴らしいアイディアでした。絵皿で洗い流していた顔料はまだ使えるものです。牛乳パックの上で様々な色を作り、広げ、乾かせば二年でも三年でも使えます。運ぶのも軽くて、私としては大発見でした。描くときは絵皿にもパレットにもなります。

　また、絵は誰でも描けるように工夫し、俳句のように捨てられるものを捨てて、キーワードのようなものを見つけて教えるようにしていましたが、それが二十年以上も経つと、自分でも簡単に描けて楽しいものになりました。

　十五年程前、中堅の服飾メーカーで教えていたとき、売れ残り品や返品の中に、材料として使えるものが沢山あり、いただいた月謝で買っていました。涼しげな小さなレースのあるブラウスは自分が家で着るのにちょうど良いと十枚程買い、それを五枚、毎日着替えていました。

何年か経つとその白がくすんで輝きがなくなりました。私はそれをワインレッドに染め、派手さを抑えるため薄い藍液につけました。落ち着いた、紫がかったピンクの新品のようになりました。

またそれも何年か経つと、油よごれや漂白剤で剥げたりで、汚くなりました。今度はそれに野の花の絵を墨で描きました。以前よりも楽しいものになりました。それから三年着ています。ピンクが少し日焼けしてきたので、もう一度濃い目に染めようかと思っています。私の命よりも繊維の方が長生きするのではないでしょうか。

私は〝どうだ〟というような絵は描けませんが、実用品に描くのは楽しいです。使っていただいてやがて消えてゆくもの、そしてブラウス等は一人の人のために、その方を〝生かす〟ために、〝顔よりも強くならない〟ように気をつけながら、野の花を描くのは本当に楽しい時間です。描きながら悩んだり怒ったりはできません。時間を忘れ、年をとっていることもすっかり忘れているのです。

手描き染めの描き方

◎材料（染料店で揃います）

・手描き染め用顔料（液体）
・手描き染め用色止め液…残った液はペットボトルに入れて取っておく。
・手描き染め専用筆（丸山）…大・中・小（はじめは小だけでも良い）
・削用（さくよう）筆…大・中・小（小だけでも良い）
・青花ペン（露草の汁）…描く位置などの印をつけるため。水で消える。
・牛乳パック…普段から集めておき、あらかじめ色をぬって用意しておくと便利。白いままのものもパレット代わりに使う。
・ビニールクロス…汚れは決して落ちない

ので気をつける。ブラウスなどに描く場合は下敷きのように内側にも挟んで、裏側に色がにじまないよう気をつける。

・絵皿…色止め液を入れる皿。筆につける水分はすべて色止め液。終わったあとの残りはペットボトルなどに取っておき、暗い色や葉を描く時に使う。少ない時は拭(ふ)き取る。水の汚れを防ぐ。

・筆洗いバケツ…百円ショップにある。

◎注意すること

・筆は十分ほども乾くと固まって使えなくなるので常に水をつけておくか、よく洗ってから毛先を下にして乾かすこと。私はいつも水につけています。

・綿・麻に描きます。化学繊維は不可（洗うと色落ちします）。ただしレーヨンは植物仕様なので可。

・滲(にじ)みやすい布はスプレーキーピングをかけて乾かすと描きやすくなります。

・綿ローンのような極薄手は滲みが多すぎて描けないので、その場合は帯用の彩色机（穴が空いている）の下に電気コンロを置き、伸子(しんし)張りした布を熱い状態にして手加減しながら一気に描きますが、描き慣れてからでないと難しいと思います。

・厚手の布は筆がすべらないので渋紙を切って型を作り、型染め（ステンシル）にすると良いと思います。

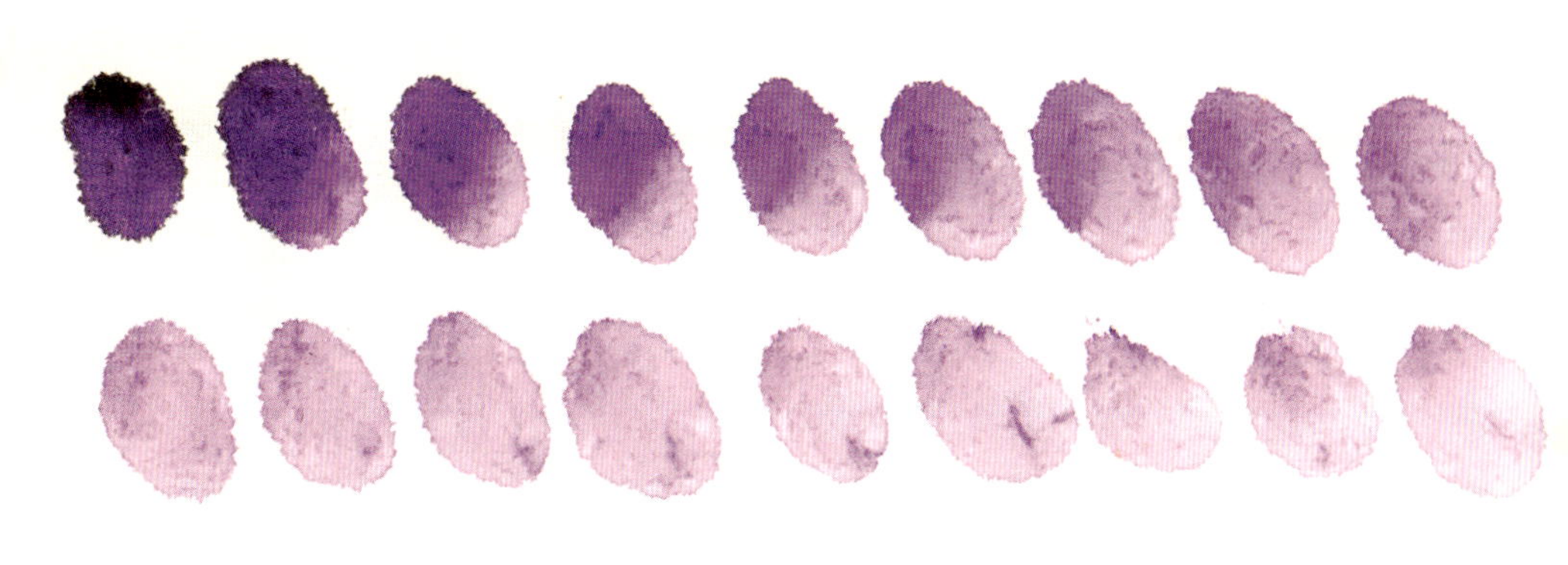

↑↓濃・中・淡をつけた筆は一筆でたくさんの色が描けます

◎描き方

色止め液を全体につけた筆に淡い色をつけ、次に中くらいの濃さの色を側面につけ、先の方に濃い色をつけます。慣れてくるとその三色も濃淡だけでなく色を変えてより複雑に表現できます。ひと筆で色の濃淡や立体感も表現できます。

もちろん紙に描くこともできますが、布に描いて乾かし、さらにアイロンを当てると洗濯しても落ちることはないので、ブラウス、バッグ、日傘、のれん、テーブルセンター、コースターなど生活用品を楽しむことができます。

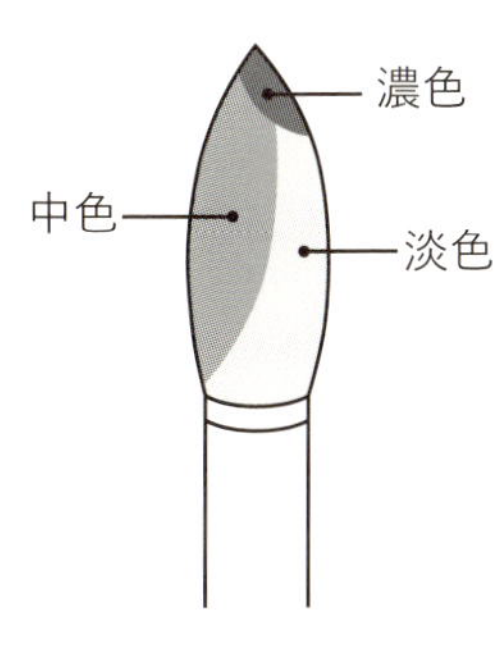

一つの筆に淡・中・濃の三色を同時につけて筆を動かしながら描きます。本書ではわかりやすい〝すみれ〟と、最も難しくこれが描けるとほとんど何でも描けるようになる〝バラ〟の描き方を紹介します。

1　すみれの描き方

花びらは五枚です。最初に描くものが一番濃くなるので光の方向を揃えるように描きます。

花びらを五枚、放射状に描きますが、少し尻もちをつくように置き、さらに少しくずしてやると丸く広がります。蕾は〝一〟と〝ン〟と〝シ〟の字を書くように、葉は色をおさえて、線の濃淡で〝い〟とか〝こ〟の字を書くように描き、葉先は筆をひねると細くなります。

たとえですが、〝り〟などにすると細長い葉などを表現できます。ひと筆、二筆、三筆くらいでひとかたまりのすみれができると思います。慣れてくると五分くらいでできます。

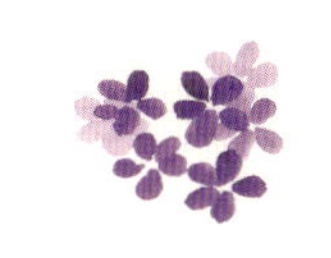

①初めは筆の色が濃いので中心から描く

▼

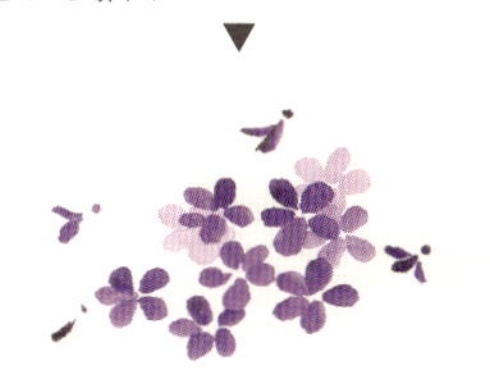

②光の方向を間違えないように花を添えていく

▼

③バランスを考えながら葉を置いていく

▶

④慣れてくると出来上がりまで５分ほど

葉の裏側は少し淡い色で

「い」や「こ」のキーワードをイメージしながら。筆を傾けたり、寝かすようにして描くと濃淡が一度に表現できる。葉先は筆をひねると細くなる

茎などの線は手先で描かず、腕と体全体を使って引くように描くと良い

2　バラの描き方

バラはかなり写生をして、よく理解した上で描きます。キーワードは「三角（△）」です。できるだけ大きめの筆に濃・中・淡の三色をつけ、中心に△を描きながら、その△を心にもちながら広げてゆきます。途中で色を加えたりします。

裏返った花びらは淡く、また間隔を作ると裏返った花びらも表現できます。花びらの間に、少し濃い色で線を入れても良いと思います。

手描きをするときはいつもそばに少しだけでも本物の花を置いておけば大きな助けになります。慣れてくると、ひとつのバラを描くのにだいたい五分くらいでできると思います。

①三角形を心の中において。三角形が重なりあうようなイメージで花びらを広げていく

▼

②陰影を考えながら広げていく

▼

③バランスや重心、陰影を考えながら葉を置いていく

▶

④蕾とトゲを描く。蕾は濃淡の筆を置いただけ。トゲは少し赤みを帯びた色で、やや下向きに

補色について

昔、絵の先生から補色は〝同じ力〟だから汚くなるので使わないようにと教えられていました。数年後、紫系のワンピースに、補色である黄色のベルトをわざとアクセントとして使うとしてあるファッション誌の写真を見て、補色についてきちんと学んでみようと思いました。

書店に行ってみますと、補色について書かれた本が何冊かありました。でも、どれも訳（わけ）がわからないものばかりでした。そのうち一冊は難しい数式がいっぱい書いてあり、とても理解できるものではありませんでした。

あきらめかけていると、その中に一冊、とてもよくわかる本がありましたので、それを購入して読みました。老子（ろうし）さまが色について説明するという内容のもので、赤、青、黄の三原色の二色を混ぜると、残りの色が補色関係になるということでした。三つの原色が互いに補いあうことで全てが完成する、ということと思います。

昔、先生が教えてくださった「力が同じ」という言葉は、例えば女性というものを表現するのに、同じ力で同じ量、横に男性を配置して描くようなことになるからだと思いました。

しかし、女性を表すといっても女性の中にも男性的なものがあったり、逆に男性の中にも女性的なものがあったりします。例えば小豆を甘く煮るとき、少しだけ反対の塩を入れたり、スイカに塩を振ったりします。海の夕日の景色を赤やオレンジだけで描くよりも、どこかに海の青を入れると見ていてホッと落ちつくような気がします。

自然界でも、赤い花と葉は量的にも補いあう関係になっています。どんな絵を描くにも補色のことを知っていると、落ち着き、〃全体〃になり、宇宙になるのだと思います。

私たちの生活でも、自分というものを生きていながら、様々な誰かから、自然からの補い、助けを受けていますし、そしてまた自分も誰かの助けになって生きてゆくのがいいのだと思います。「補」という行為は愛とか宇宙の神秘に通じるものかもしれません。

つねに〃陰陽〃を考えながら

陰陽はすべてに通じることで、食でも畑でも、いつもいつも教えられています。手描き染め

をする上でも、最も大切なことと思います。

自然界では、原色——赤や黄や橙、青、緑は雄の色、地味な色は雌の色です。動物界すべてがそうなっているのに人間だけが反対ということはないと思います。やはり原色は男性の色で地味な色は女性の色だと思います。それは内面についても言えることではないでしょうか。もし男性が強い色を着るとクジャクのようになって落ち着かないので、補色として地味な女性の色を着ると自然に見えるのだと思います。反対に女性は、補色として男性の色を着ているのだと思います。

左右で言うと、右が陽で左が陰です。女性のブラウスなどは右側を上に合わせます。右側が強くなりすぎないよう、左胸にブローチやコサージュをつけたりします。逆だと、離れて見ると傾いているようにアンバランスになると思います。

女性のブラウスなどに描く場合は、向かって右側（着る人からすると左側）を一番強く描き、左側（着る人からすると右側）は少し軽めに描いてゆきます。わざと左側だけ描く場合は、右側の衿（えり）のデザインやその他のファッション（小物）を工夫することでバランスを取ります。

勢いよく描いてゆくときも、その陰陽のバランスはとても大切で、花の大きさ、色の強弱など、いつも頭の中に入れて描いています。

元はピンクだったエプロンを薄い藍液につけて、藍色のコスモスを描きました

庭のバラ

あぜ道に咲いていた藪藤

藍の色をつくって

藪藤

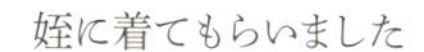

姪に着てもらいました

絹地を化学染料で染めました

麻とレーヨン。藍で染めたもの

からすのえんどう

あざみ

この灯りの下でいつも読書しています。心が落ち着く楽しい時間です

野菊

すみれ

バラ

あざみ

手作りのお見舞い用封筒にバラを描きました

花びらの部分をロンガリット液で脱色して描いたドクダミの花

仙人草の美しさに魅せられて

庭に咲いている野ぶどうの実

垣根に巻きついているヤマホロシの花

エコバックにバラを描きました

すみれ。ハンカチやティッシュを入れてバッグの中に

普段着の上に着たり、病院にいる方などがちょっと出かけるときのための羽織もの。義妹たちに着てもらいました。素材は二重ガーゼ。左から藍染に野菊、どくだみ、藍染のあじさい

野菊。妹の孫に着てもらいました

あじさい

妹の孫たちに、藍染めのあざみと
バラのブラウスを着てもらいました

野バラ（芯をビーズで飾りました）

勿忘草

バラ

藍染のあざみ

↑やまぼうし

←バラ。孫に着てもらいました

庭のカモミールと野菊

創作童話

さし絵　佐藤好昭

「因幡の白うさぎ」の続きをつくってしまいました。

「因幡の白うさぎ」は、子どものころからよく絵本で親しんでいました。神話では、大国主命とその兄弟の中から美しい姫にふさわしい婿を選ぶために神様が仕組んだもので、実はうさぎも、兄弟たちを試すために神様が遣わしたのだという話を聞いたことがあります。だとすれば、神様っていたずらが好きなのかな。私たちの艱難辛苦も、神様のいたずらなのかもしれません。

このお話は、以前、創作人形師（今宿人形）の佐藤好昭先生の展示会で大国主命の人形を見たとき、一瞬で頭の中に浮かんだものです。その展示会では、神々の人形が並んでいて、清々しさを通り越して、まるで〝パワースポット〟のようでした。そのとき、私はいつか必ず先生の人形を買って手元に置きたいと決め、折りに触れそのことを思い出していました。

そしてあるとき、今こそそのときだと思い、先生にお電話をし、いろいろお話することができました。すると、わざわざ御夫妻で私の家まで届けてくださったのです。実はその人形は、展示会で見たものとは全く違ったのですが、やさしい大国主命の姿に感動しました。床の間の空気がどこか変わり、とてもいい〝気〟が流れるようになりました。

それからご縁をいただき、今回、この物語に挿絵を描いていただくという光栄に浴することになりました。これも神様のお計らいと、感謝にたえない思いです。

因幡の白うさぎ　その後

大国主命に助けられたうさぎは、もとの可愛い、まっ白でふさふさした毛のうさぎにもどりました。

うさぎは、「あー、火がついたように痛かった。死ぬかと思った。助けていただいてよかった。でも、ちょっと面白かったなァ。サメの背中をとびながら大海原を渡っているとき、おれさまは野山に生きて海にも生きて、世界で一ばんえらいうさぎになったと思った。あー、でも痛かった痛かった。もう二度とあんな目にはあいたくない。やはりうそをついてはいけない。だから、もうあんないたずらはやめよう」と思いました。

さあこれから山に帰ろう、と立ち上がったときです。大国主命の大きな手が、そっとやさしくうさぎをかかえ、胸に抱き、さも大切そうに、可愛くてたまらないといった

ふうに頬ずりしました。それはとてもあたたかく、やさしく、うさぎはいい気持ちになりました。
うさぎの青いサファイアのような目から、ひとりでに涙があふれてきました。ポロポロ、ポロポロと心が洗われるような気持ちでした。
ポロポロ、ポロポロ。ポロポロ、ポロポロ。

泣きはらしたうさぎの目は、そのときから真っ赤になりました。

しばらくして大国主命は、そっとうさぎを下ろすと、ふたたび旅を続けるために去っていかれました。

うさぎは、さっきまでの気持ちはどこかに吹きとんでしまいました。景色もちがって見えました。

「あー、うれしい！　なにもかも光っている。草も木も生きている。美しい！　輝いている。うれしい！　そしてぼくも生きている！　うれしい‼」

よろこびの気持ちが全身からあふれてきて、うれしくてたまらないうさぎは、とびはねながら山に帰っていきました。

そのときから、うさぎのうしろ足は前足よりも強く、大きくなりました。

今でも、月夜の晩はお餅をついて、みんなでとびはねながらお祭りをしているということです。

ぼくはだれ

黄緑の季節に　ぼくは生まれた

いつも元気

たのしい　うれしい

ある日、美しい魚の親子が泳いでいきました。

「ん？　ぼく……ぼくはだれだろう。そうだ、お父さんに聞いてみよう。あっ、あれがお父さんだ!!　ぼくらに似ている。きっとそうだ!!　お父さん……！」

「おれさまはお前らのお父さんじゃないぞ‼　せかいで一番りっぱなこのヒゲ、このヒゲが見えないか！　お前らにあるか？　ないだろう。だからおれさまはお前らのお父さんではないのだ。わかったか。わかったらあっちへ行け！　シッシッ！」

沼のふちで、ヘビがゆっくりとくつろいでいました。

「こんどは間違いない。きっとあれがお父さんだ。大きくなったら、体がぐーんと伸びてあんな風になるんだ。きっとそうだ！　お父さん！」

二匹のおたまじゃくしが近寄っていくと、なんとヘビはパクリ!!　一匹のおたまじゃくしをのみこんでしまいました。

「あ、食べた!!　お父さんじゃない！」

黄緑の景色は、だんだん青になっていきました。

ある日、体がむずむずするかと思うと、なんと手が出てきました。そして足も出てきました。

「いったいぼくはどうしちゃったんだろう？　みっともない！　みにくい！　はずかしい！　もうぼくは泳いであのお魚さんたちを見にいくのもいやだ！　どこにも行けない。ぼくはひとりぼっちになってしまった」

悲しくて、さびしくて、つらくてたまりません。暗い沼にかくれるようにしてすごしていました。

そうしてなん日かすぎてゆきました。すると、なんだか、体の奥のほうから少しずつ力がわいてくるような、エネルギーがわいてくるような気がしました。

春が夏になるような、夏が秋になるような感じがしてきました。心の中では気づかない、よろこびのようなものがわき上がってくるのを感じました。

ある日、くらやみの中から光がさしてきました。そして大きな手がさし出されたかと思うと、「こっちだよ」「さあ、おいで！」といいました。

「お父さんだよ！」

そこには大きなかえるが座っていました。

「足に力を入れてごらん」

すると、おたまじゃくしは力強くとびあがりました。

野原の向こうには、大きな夕日が浮かんでいました。

「さあ、お前はこれから旅に出るんだよ。そしていろんなことを体験してくるがいい。つらいことや悲しいこと、こわいこともあるだろう。そして、いろんなことを経験したら、きっと、おまえにとって大切なもの、幸せなことは全部ここにあることがわかるんだよ。そのとき、きっとお前は、ここにかえる。かならずかえる。そう、かえる、かえる！　だからお前は〝かえる〟なのだ」

「ぼくは〝かえる〟なんだ……」

かえるになったおたまじゃくしは、夕日に向かって歩きはじめました。

野菊の花の枯れるまで

——やまんば　おさよ

「やまんば」の童話を読んだことは何度もありましたが、幼いころ私は、初めから山に鬼がいたのではないのではないか、と思っていました。

私の小さいころ、日本は外国にお金をつぎ込んでいました。そんなことが無かったら〝おしん〟もいなかったという方もいました。農村は貧しく役立たなくなった年寄まで食べさせることができなかったので、姥捨山（うばすてやま）などというものがあったのだと思いました。

捨てられる年寄りの中には、生きる欲が捨てられなかった人がいたかもしれない、生きる欲は男性よりも女性のほうが強かったのかもしれない——。

そんな女性の心に思いを馳（は）せてみると、こんな物語ができました。

昔、人里離れた小さな山里に、かしこくて可愛い「おさよ」という女の子がいました。

おさよの集落ではみんな貧しかったので、肩寄せあって、お互いに助け合いながら、細々とお米や野菜を作って生活していました。

おさよのお父さんもお母さんも、朝早くから野良仕事に出かけ、夜は遅くまでわらで縄を編んだり、むしろやぞうりを編んだりして働いていましたので、おばあさんがいつもいっしょに遊んでくれました。寝るときもいつもいっしょで、面白いおとぎ話をいろいろ聞かせてくれました。

おさよは、おばあさんの温かさに包まれて、いつも安心して眠っていました。ごはんを食べるときも、どこに行

くのもいっしょでした。

ある日のことです。家の人たちは野良仕事に行かず、家の中で忙しそうにしていました。さといもや人参、お野菜いっぱいの煮物や干した川魚や鳥肉、白いごはんもいっぱい炊いてごちそうを作っています。どれも特別のごちそうでした。

お昼ごろになると、村の人たちが大勢集まって来ました。その日は夜遅くまで、お酒を飲んだりにぎやかに過ごしました。お母さんに聞くと、「おばあさんの六十歳の還暦のお祝いなのよ」と教えてくれました。

その夜、おばあさんは、お布団の中でいつものおとぎ話をしてくれませんでした。おさよをしっかり抱きしめて、「おさよ、おさよ、おばあさんの大好きなおさよ。大切なおさよ。おばあさんはずっとおさよを見守っているからね。おさよがいたからとてもうれしかったよ」と言いながら、抱きしめて離しませんでした。

朝、目が覚めるとおばあさんはどこにもいませんでした。元気で働き者で、やさしいおばあさんにはもう二度と会うことはありませんでした。おさよはその日からずっと一人で寝ました。

それから長い年月が過ぎていきました。おさよはもうすぐ六十歳になります。その村では、六十歳になると山に行き、そこで死んでしまうこともわかっていました。でも、おさよは、ずっと元気だったおばあさんが山に行かなければならなかったことがくやしかったのでした。

あるときおさよは、誰も行かないような山奥に誰も住んでいない一軒家があることを知り、そこにこっそりといろんなものを運びました。着物や味噌や塩、種もみや大豆、野菜の種などを集めていました。

六十歳の誕生日の次の日、村のみんなとお別れを済ませたおさよは、山に向かって暗い山道を歩きつづけ、その家にたどり着きました。

小鳥の声で目を覚ます山の朝のすがすがしい空気、ブナの大きな樹の力、新緑のにおい。とても心地いいものでした。

おさよは、「わたしはまだ元気。まだ死にたくない。ここで生きてやる」と心に強くいい聞かせました。同じくらいの友達はほとんどいないし、村の中、人の中にいると、つらいことや悲しいこともあるけれど、山の中ではそんなこともな

いようです。「きっと大丈夫、まだ生きていたい」とあらためて思いました。

春には木の芽やふき、わらびを食べ、梅雨のころには桑の葉や実、夏にはバッタやカマキリ、そして秋にはいろいろの木の実やコオロギなどを食べました。お米も少し作り、野菜も作りました。

でも、たった一人で生きていると、いつもけんかばかりしていた隣のいじわるばあさんのおよねにさえ会いたくなりました。おさよは、「およねー！」と叫びました。

それから何年かたち、大雨や夏の日照りが続いて、食べ物がだんだんなくなっていきました。

そのころおさよは、朝から晩まで食べることばかり考えていました。食べること以外、何も考えられなくなっていました。

ある日、宿を貸してほしいと訪ねてきた旅人を食べました。そして、何度もそういうことをくり返しているうちに、おさよは、自分が人間であることを忘れてしまいました。

夏の終わりのことです。

朝、おさよは、顔を洗うために近くのきれいな池に行きました。そして池の中をのぞくと、そこには恐ろしい鬼が映っていました。おさよは驚いて、「あーっ」と叫びました。するとその鬼も「あーっ」と叫びます。目を見開くと、鬼も目を見開きます。おさよは自分が恐ろしい鬼になったことがわかりました。

気持ちの良い秋の夜、おさよは、近くの川に体を洗いに行きました。暗い空には雲もなく、ひとりぼっちの大きな丸い月が浮かんでいました。おさよは川の中の岩に腰を下ろし、冷たい水に足をつけました。荒れくるった髪も、きれいな水で洗われて、長く肩にかかっていました。

月の光が川面を照らし、キラキラ、キラキラ光って、それは息をのむような美しい光景でした。月の光を浴びたおさよも美しく見えました。

おさよの目から、初めて熱い涙が流れました。しばらくしておさよは、「お母さん…」とつぶやきました。

次の朝、山道には青くやさしい
野菊がいっぱい咲いていました。
昔、次郎君と摘んで遊んでいたこ
とを思い出し、おさよもしゃがん
で摘みました。

そこに旅のお坊さんが通りかかりました。しばらくおさよを見つめていましたが、「おまえは隣村のおさよだな。生きていたのか」といいました。お坊さんは、変わり果てたおさよのようすを見て、なにもかも分かったようでした。

お坊さんは、野菊を摘んでおさよの髪にかざりました。

「ほら、おさよになった。おさよ、もういいだろう。山に帰りなさい。この花が枯れるまで仏さまにお祈りしてあげるから、今から山に帰りなさい。だれからも、なに一つ助けてもらわないでは、人は生きていけないんだよ。今度生まれてくるときは最後まで生きられる時代に生まれてきなさい」といって、野菊を手に取り、胸にかかえながら歩いていきました。

青い空には、お坊さんの祈るお経がひびいていました。

移ろう季節とともに

俳句・詩・川柳

＊俳句

タンポポの音符は風の五線へと

遍路道仏の里に桜降る

今という今こそ今の桜かな

惜しげなく落ちた椿の赤さかな

猫の毛の部屋あちこちに衣替

さなぎにてふり返る過去明日の夢

日だまりを背中にためて猫帰る

山吹きの触れなばこぼる黄色かな

つつじ咲く暑さ寒さも知らずして

蛙の音雨が消したり消されたり

迷いつゝ伸びようとするねじりばな

仙人草冷たき朝の山の風

せせらぎの音のあたりに蛍とぶ

まどろみてほたるぶくろの中の虫

せせらぎは山を巡りて山帽子

葉の上で少し重たきかたつむり

ひまわりの大きな笑顔今日の空

蟬しぐれ底に静かな愛の音

蟬の殻欲を捨て去る軽さかな

我(わし)我(わし)と地獄で泣くか蟬時雨

ひぐらしの声のつらぬく阿蘇の森

ハイビスの一日だけの赤さかな

老いし日を少し燃やしてカンナ咲く

くちなしの言えぬ想いは香に乗せて

露草の青いひとみは露にぬれ

ほおづきの愛する愛の赤さかな

山鳩の鳴く声だけの夏の阿蘇

野仏に風が供えるひがんばな

明るさは少し恥かし月見草

冷えてゆく土にて秋を知るみみず

高速の道の果てには鰯雲

自らの赤さも知らず山あざみ

すゞ虫の冴え渡る声独り聞く

それぞれの声さまざまな庭の虫

寂しさを慈しみつゝ野菊咲く

にぎやかに集めてみても秋の花

野には野に山には山に秋の花

咲き競う秋の七草目で食べる

雪明り音なき音の降る庭に

切られても遮られても臥龍梅

肩に乗り手に乗り舞いてぼたん雪

初日あび綾杉高き香椎宮

凩（こがらし）の中で微笑む野の仏

戸をたゝたく寝そびれし夜の風の音

冬の蜂放てどあてのない空へ

凍てる地をスノードロップつき出でる

たでを食い葉を食べ残す虫ごころ

＊
詩

広い海

海はどこまでも続いている
初めはあなたの涙から

昭和の男

弱い心も押し隠し
従い来ればいいのだと
胸張り歩く強そうな
昭和の男懐しい

自信も持てぬ時もあり
ガラスの心押し隠し
背広の背中堂々と
昭和の男懐しい

何故に

眠れずに悩む猫などいないのに
あなたは何故に眠れない

咲きかけてやめる花などいないのに
あなたは何故にあきらめる

高い草うらやむ草はいないのに
あなたは何故にうらやむか

謙虚

自分のポジションという静寂
心の平安という幸福

心の声

病は私のすべてではない
魂はやまず　心は老いず

温かさは相手のこと
解ろうとするところから
生まれてくると思います

新しい道

悩むとき　山に登ってみませんか
どこまで続く杉林　うす暗い山道を
さわやかな風が吹いている

疲れたら　丘で休んでみませんか
風にまじって鳥の声
背中を押してあたゝかい光射している

失意なら　山の上から見てみよう
見渡す峰の向うには　遠くに見える街並みや
新しい道も見えている

春風のうた

街に春風　吹いたなら
車の多い　道端の
空き地の草の片隅に
十字の小さき　花つけて
咲いた私は　ペンペン草

耐えて生きてる　あなたのために
伸ばした細い手の先に
小さなハート　握りしめ
どうぞどうぞと　さし出して
私は生まれ来たのです

ふくろうの唄

寝そびれた　ふくろう
今夜もねむれない
月の光を　背に受けて
本のページを　めくります
なるほど〳〵　ホーホーホー

夜露は降りて　草も木も
昼間の疲れ　癒やされて
静かにねむる　夜の森
なるほど〳〵　ホーホーホー

落ちた枯葉は降り積もり

香りやさしく　虫たちに
夏の思い出　語ります
なるほど〳〵　ホーホーホー

＊川柳

音の無い部屋テレビでも人の声

同窓会にて
教室で前に立ていま前立腺

猫抱けば手にあたたかき重たさを

がまんする未来をつなぐ腹八分

少しだけ無理して負荷を老いの日々

介護4最後の女（ひと）といわれても

釣り客の年金波止場猫も輪に

酒なくも足どり酔って八十歳

風呂よりも恋におぼれる日々がよい

折れるのは心ではなく骨みたい

横に寝る思慮深そうな猫の顔

感謝しています

人知れずゴミ収集車夜稼働

人は大丈夫でしょうか

美しく優しく弱い在来種

番組が時計がわりで日が過ぎる

思い出すままに

亡き息子の思い出

子はどこかカナカナカナカナと蟬は鳴く

草取りをしていると、どこかしらかひぐらしの声が聞こえてきました。余りにも淋しい、そして美しい声に息子のことを思い出しました。草の上に涙が落ちました。

息子が小さい頃、手をつないで買い物の帰り道のことです。どこかのキジ猫が前を横切りました。「お母さん、あの猫寅年生まれでしょ」と聞きました。

あの猫は寅年生まれと聞く吾子と手つなぎゆきし秋草の道

小学生の頃、毎日玄関に入るやいなや、息せき切って「お母さん」と言います。話をしたくて急いで帰ってきた感じでした。ある日、「お母さん、僕の飼っているカメ、何でも食べるよ。でも絶対食べないものが一つだけあるよ」と言いました。「それは何?」と聞くと、「カメの餌」と言います。

またある日は、「お母さん、今日学校で、将来何になりたいかという授業があったよ。○○君はサメ（息子の愛称）が会社をつくると言っているから僕はそこで働きますと言ってくれたよ」。そして、「お母さん、飼育委員になりたい人って先生が聞くので、僕、手を上げて飼育委員になったよ。みな飼育委員なんて嫌だって言ってたよ。僕が運動場でキャッキャッ言いながらニワトリを小屋に追い込んだり、僕が来るとニワトリが小屋に一列に並んだり、ニワトリが頭に乗って僕の帽子をつついたりしているのを見て、いいなぁと言って飼育委員になりたい人がいっぱいになったよ」と言っていました。

別の日は、「お母さん、僕、そこの道で遊んでいる子どもたちも、それを見ているおじいさんとおばあさんも、そしてそこにいる犬も大好き。好きで好きでたまらない」と言っていたこともありました。

話をしようと勇んで帰ってきていた息子。そのとき私がパートにでも行っていたら、そういった思い出はありませんでした。私自身、体が弱いこともあり、特別に楽な生活ではなかったけれど、「おかえり」と言えて良かったと思います。亡くなるまでの間のたくさんの会話に、どれだけ救われているかと思います。

一瞬の光を引いて流れ星

お世話になった先生方

松下黄沙先生（墨画の先生）

先生からは、四十代後半から十年間ほど通信で墨画を習いました。初めから広い紙だったので、私にとっては一本の線でも大変でした。

描いてみたら、その一本の線があまりにみにくいことに、自分でもびっくりしました。生き方と同じ心や魂で描くことなど、精神的なことを学びました。形にとらわれることなく、本質を見ること、墨色が美しいこと、詩情があること。学びながら、いろんな意味で成長できました。

先生の墨の絵の美しさ、迫力、勢い、必要最低限

コスモスを従えてゆく山の風。以前、松下先生に教えて頂いた頃の墨画

の美しい線一つ一つに命を感じます。幼稚な絵を描いているとき、今でも、先生の教えが胸に蘇(よみがえ)ります。

手描き染めを習ったころ、着物の柄や掛け軸の絵のようなものが洋服にはあわないように思って何年かやめていました。しかし松下先生から教えていただいた絵のモダンさ、勢いの良さに何かストンと腑(ふ)に落ちたような、わかったような気がしたのです。「めまい」で墨画はできなくなりましたが、気が楽な手描き染めであればできるようになりました。先生の教えがなかったら、今ごろは何もやっていなかったと思います。

森神逍遥(もりがみしょうよう)先生（文筆家、思想家、実業家）

私は四十代後半で子供をなくし、祖父の介護やその他、ハードな生活からうつ病になり、それこそ歩くのもやっとで、廃人のようになっていました。そのころ先生の講座を受け、少しずつ元気を取り戻していきました。生きる意味、人も自分も大切にする生き方、自分を見つめる生き方、数々の奥深い教えを受けました。いま私がこうして生きているのは先生のお陰と、心から感謝しています。もし出会っていなかったら今ごろ生きているかもわかりません。

加藤君代先生（料理研究家）

小さい三人の子供を育てているころ、同級生の友人がお菓子の教室をしていたので習いに行っていました。その方は、日本女子大に通いながら、飯田深雪（みゆき）料理教室に通っておられました。

私は、何故料理のほうに進もうと思ったのか、うかがいました。

「ＴＶに出ておられる女性を見ていると料理をしておられる女性のほうが幸せそうに見えたから」とのことでした。

私も元々料理は好きでしたから、その時、「そうか。私も料理の勉強をしよう。料理は一生ついてくるから。趣味とか仕事とかは料理が出来た上ですることにしよう」と決心しました。その方から「素晴らしい先生がおられるから」と誘われて、加藤君代先生のもとに月二回、通うことになりました。

加藤先生のお宅は昔ＧＨＱに接収されて会議室になっていたということでした。その頃、福岡には花嫁学校という学校があり、いわゆる良家のお嬢様方が通われていました。右翼の匂いがすると、ＧＨＱが潰してしまったとのことでしたが、先生は確かそこで教えておられたはずです。それでいろんな方面の方々が習いにきておられたと記憶しています。

加藤先生の御両親は名士、お祖父様は大病院の院長先生で、誰もが尊敬するような家柄でありながら、やはり悩みがあるようで、いろいろと話してくださいました。

先生は、御両親のそばにいるために独身を通されたそうです。東京女子美大の日本刺繍科で学ばれ、四年間で四十枚の着物を、それこそ寝る間も惜しんで制作されたそうです。

福岡市の南公園が近かったので、桜の季節はいろんな方たちと毎日あれこれ、その着物を着て、花見に行っておられました。その留守に、ねじり鉢巻に法被姿の泥棒が、玄関の鍵を壊して全部盗んでいったそうです。腰を抜かした自分を笑ったと仰っておられました。以来、それらの着物を見たことはないそうです。ただ一度だけ、電車のなかから向こうのホームに、その着物を着た人が立っておられたそうですが、映画のコマ落としのように、進む電車が動いていったと話しておられました。

そんなお話をうかがったころの先生は古希を迎えておられました。「私はボクシングが好きなんです」と言われました。「なぜですか」とたずねますと、「自分の力だけで生きていて潔い。自分に似ている」と言われました。

先生は、生涯お料理の勉強をされました。毎日数人の生徒さんが来られ、充実した生活と思いましたが、玄関の前でずっと見送られていたお姿に一抹の淋しさを感じました。

外から見ると何もかも恵まれて、誰からもうらやましがられる人でも、心を開いて話をうかがってみると、悩みや問題をたくさん抱えておられます。例外なくみな、そうだと思うのです。そういう意味であの泥棒も、加藤先生のことが贅沢極まりない馬鹿娘と見えたことでしょう。でもずっとそばで何もかも知ったら、全部盗むことはできなかったと思います。

誰もがみな、悩みとともに生きています。嫉妬は自分の問題ではないでしょうか。思い出す数々の言葉から「お料理を学ぶことは野菜をいかにおいしくするかということです。肉や魚は焼くだけでもおいしいですから」、「歓談しながら食事ができる時間と、料理を作る時間は比例します。インスタントラーメンを食べながら三時間おしゃべりできますか」。先生の言葉はいろいろ心に残り、生きる道を教えてくれます。

加藤先生がお仕事をやめられた後、「遊びにいらっしゃい」と誘われたので、おいていけない幼稚園の息子を連れてお宅に伺ったことがありました。お昼の準備をしてくださるとき、息子のために箸置きと立派なお皿を置いてくださるので、「子供には何でもいいです」と申しましたら、「あなた、子供だからといって二流を与えてはいけません」と叱られました。心を込めることだと理解しました。私は五年程通いましたが、たいへん勉強になりました。ひっそりと生きられる一流の先生に出会ったことを幸せに思いました。

その他、出会ったたくさんの方々それぞれに叱られたり励まされたり、本を紹介してくださったり、数限りない先生方に導かれて、ここまで生きてまいりました。

種子島の思い出

三十年程前、祖父の法事のため種子島で一ヵ月過ごした日々を思い出します。敷地はどの家でも広大で、防風林に守られて隣の家は見えません。時計草の大木がそびえていました。着いてすぐ、義姉が涼しげな部屋着を持ってきてくれたので、ずっとそれらの部屋着で過ごしました。法事でも料理は手作りで、近所の方達や親戚の方達が大勢手伝ってくれました。しかし忙しく働いているのはすべて女性で、男性はトドのように客間に寝転がっていました。

法事の食事の時も客間に坐るのは男性ばかりで、女性は広い台所の板の間に坐って遠足のようにおしゃべりをしながら食べます。おいしい竹の子が三シーズン採れ、夏野菜も年中採れ、それらを近所の方達にさしあげて、かわりに釣った魚（とこぶし、伊勢えび、巨大飛び魚）などをいただいていました。それらがスーパーで見るような、背の低い大きな冷凍庫に肉などと共にぎっしり入っていました。

外に置いてある薪用コンロの上にいつも大きな鍋が乗っていて、いろんな野菜の煮物ができていました。それはいつものメイン料理であとは伊勢えびとか魚のさしみ、煮物、焼物、とこぶしの酢味噌、採れたピーナツの豆腐、手作りタクアンなど、とてもおいしいご馳走でした。福岡の義姉も「いつもごはんがおいしいよね」と言っていました。

買う物は醤油、お肉、牛乳、豆腐ぐらいで、光熱費を含めて月七千円以上使うことはないと言っていました。南の島でも夕方は海風が吹き込んできてクーラーを使う人は誰もいないし、こたつやストーブを使うのは年三日程とのことでした。その上、ロケット技術の方面の奥様方が百円の束の野菜や花を買ってくれて、手数料十円程を除いて振り込んでくれるのでその分を法事や旅行に使っているとのことでした。

泥棒は全くいないので、誰もカギなどかけないし、夜は近所の方達や親戚の方達がお縁から上がってきて、焼酎など飲みながらカラオケなどでにぎやかに過ごしていました。

私もいろんな方と知り合いになりました。お互いに助け合うので余り困ることはないようでした。私の子供の頃よりももっと昔の日本のような生活に現代の生活文化もまざって、ゆったりとした毎日でした。一ヵ月が過ぎた別れの時、自分のツーピースを着て靴を履くと、何だか違和感を感じました。

おわりに

私は絵を描くとき、自分は今、〝お絵かき〟をしているのだと思っています。すると肩の力が抜けて楽しくなります。

また、自分で「俳句が出来る」と思ったことはありません。〝言葉あそび〟ぐらいに思っています。五・七・五という制約の中に、いらない言葉を投げ捨てるように捨て、もうこれ以上捨てられないところでできる片付いた部屋のようなすがすがしさ、いさぎよさが面白いので、心に浮かんでくる思いを書きためていました。

それらのものを今回、再び忘羊社の藤村興晴様の御指導を受け本にまとめることができました。そして佐藤好昭先生には表紙の人形に加え、童話の挿絵まで描いて頂き、空気感も添えて頂きました。そしてカメラマンの西野キヨシ様に写真とレイアウトをやって頂きました。以前撮って頂いた池田晋一様、横田敦子様の写真も添えさせて頂き、様々な方々のお世話になりながら出版に至りましたことを改めて大変幸せに思い、感謝しています。

鮫島芳子（さめしま・よしこ）

1938年（昭和13年）3月3日、福岡市生まれ。主婦。著作に『俳画集　行く道に花の咲かない道はなく』（桜の花出版〈『俳句俳画集　眼鏡土竜』石風社を新装改訂〉）がある。

挿画　佐藤好昭（さとう・こうしょう）

1952年（昭和27年）8月4日、福岡市生まれ。福岡市在住。今宿人形・創作人形工芸作家。［日展］特選・委嘱審査員（現在会員）、［日本現代工芸展］NHK会長賞・審査員（現在理事）、［福岡県展］外部審査員、［国民文化祭］陶芸審査員（文化庁）、［ねんりんピック］工芸審査員、［Maison &Objet Paris］招待作家出品、［新世紀の旗手展］招待作家出品（現代工芸美術館）、［美術館ベストセレクション展］招待作家出品

八十歳、少しめでたい。

2019年12月31日　初版第1刷発行

著　者　鮫　島　芳　子

発行者　藤　村　興　晴

発行所　忘（ぼう）　羊（よう）　社（しゃ）

〒810-0074　福岡市中央区大手門1-7-18

電　話 092-406-2036　FAX 092-406-2093

印刷・製本　シナノ・パブリッシングプレス